지금
여기,
그리고
나

Prologue

중요한 건 지금 여기,
그리고 나라는 것

어쩌면 우리는 꿈꾸는 방법을 잊어버렸는지도 모릅니다.
하지만 우리가 사는 세상 역시 누군가의 꿈으로 지어졌고,
모두가 각자의 꿈으로 계속해서 만들어가고 있습니다.
처음 뉴욕으로 떠나던 날이 기억납니다.
두려운 마음은 발걸음을 멈춰 세우고 자꾸만 뒤돌아보게 했습니다.
아마도 익숙한 것들을 놓아버린다는 게 쉽지 않았었나 봅니다.
하지만 그로 인해 새로운 삶을 살아볼 기회를 얻었습니다.
그동안 잊고 지냈던 아름다운 꿈을 만나게 되었습니다.
인생은 스스로 만들어가는 것이고,
자신을 믿으면 무엇이든 가능하다는 사실을 알았습니다.

뉴욕에 있을 때부터 지금까지 나에게 해주고픈 말들을 기록하며,
스스로를 격려하고 응원하는 법을 배웠습니다.

이 기록들이 한 권의 책이 되어 세상 밖으로 나오게 되었습니다.

이 책이 저만의 것이 아닌,

책을 펼치는 모든 분의 꿈과 희망이 되었으면 좋겠습니다.

모두가 책을 덮으며 마음 속 작은 불꽃을 일으키길 바랍니다.

아직 우린 많은 것을 꿈꾸고 많은 것을 바꿀 수 있습니다.

어떤 삶을 살았든,

지금 여기에서 나의 모습 그대로 무엇이든 시작할 수 있습니다.

꼭 기억했으면 좋겠습니다.

가장 중요한 건 지금 여기, 그리고 나라는 것을.

겨울의 문턱에서, 김나래

1장
위로가 필요해

2장
도망치지 않기

3장

꿈꾸는 미술관

4장
다시, 시작

1장

살아가는 데 있어서 너무 늦은 건 없단다.
어떤 사람이든 네가 되고 싶은 사람이 되렴.
너는 변할 수도 있고, 그대로 머무를 수도 있지.
우리는 최선을 다할 수도 있고 비관만 할 수도 있겠지만,
나는 네가 최선을 다하길 바란단다.
네가 깜짝 놀랄 만한 무언가를 발견해내고,
한번도 느껴보지 못한 것들을 느껴봤으면 해.
서로 다른 시각을 가진 사람들도 만나보고 말이야.
무엇보다 난 네가 스스로 자랑스러워하는 삶을 살았으면 해.
만약 그렇지 않다고 느껴지면
처음부터 새롭게 시작할 수 있는 용기를 가지렴.

– 「벤자민 버튼의 시간은 거꾸로 간다」 중에서

위로가 / 필요해

01

지금 이 순간

과거에 연연하지 않고, 미래에 불안해하지 않으며,
언제나 지금의 순간을 소중히 여기기를.

최고의 순간은 언제나 지금뿐.

\#
02

인생의 목적

여행의 목적이
도달하는 게 아니라 떠남에 있듯이
삶의 목적 또한
성취가 아니라
살아가는 그 자체에 있다.

03

나만이
나를 행복하게 한다

나를 진정으로 위로할 수 있는 것도,
내가 진정으로 믿을 수 있는 것도
오직 나뿐이다.

나만이 나를 행복하게 할 수 있다.
내 행복은 내가 발견해가는 것이다.

#
04

당신이 있기에

당신이 있기에
세상은 완성돼요.

당신은 세상을 존재케 하는
유일하고 귀중한 존재랍니다.

어른이 된다는 것.

#
05

어른이 된다는 것

겁이 많아지는 것.

06

전염병

감정은 정신적인 전염이다.
나는 지금 어떤 사람과 함께하는가?
나는 지금 어떤 사람이 되어주는가?
행복과 불행은 모두 전염된다.

#
07

더 많이

더 많이 웃기를.

더 많이 나누기를.

더 많이 꿈꾸기를.

더 많이 경험하기를.

더 많이 노력하기를.

더 많이 친절하기를.

더 많이 도전하기를.

그리고
더 많이 사랑하기를.

08

이기는 삶

늘 이기는 삶은 없다.

그렇다고
늘 지는 삶도 없다.

# #
09
행복 강박

인생은 행복하지만은 않다.
오히려 행복하지 않은 순간이 더 많다.
언제부턴가 '행복'이라는 단어는
우리를 그림자처럼 따라다니기 시작했고,
우리는 행복해져야만 한다는 압박감에 시달리기 시작했다.

행복의 기준은 누가 정한 것이고,
왜 행복해져야만 하는 걸까.
행복하지 않으면 내 인생이 아닌 걸까?
어쩌면 우리는 행복한 순간만을 기대하며
절반의 인생을 살고 있는지도 모른다.

행복한 순간만큼이나
그렇지 않은 순간도 소중히 여기는 것.
모든 순간을 내 인생의 일부로 인정하고
받아들이는 것.

그럴 때 비로소 우리는

자신의 인생을
온전히 사랑하게 된다.

10

행복의 비밀

행복의 비밀은 감사하는 능력에 있다.
더 많이, 더 자주, 더 깊이 감사함을 느낄수록
훨씬 더 행복해진다.

Thank you
ROYAL

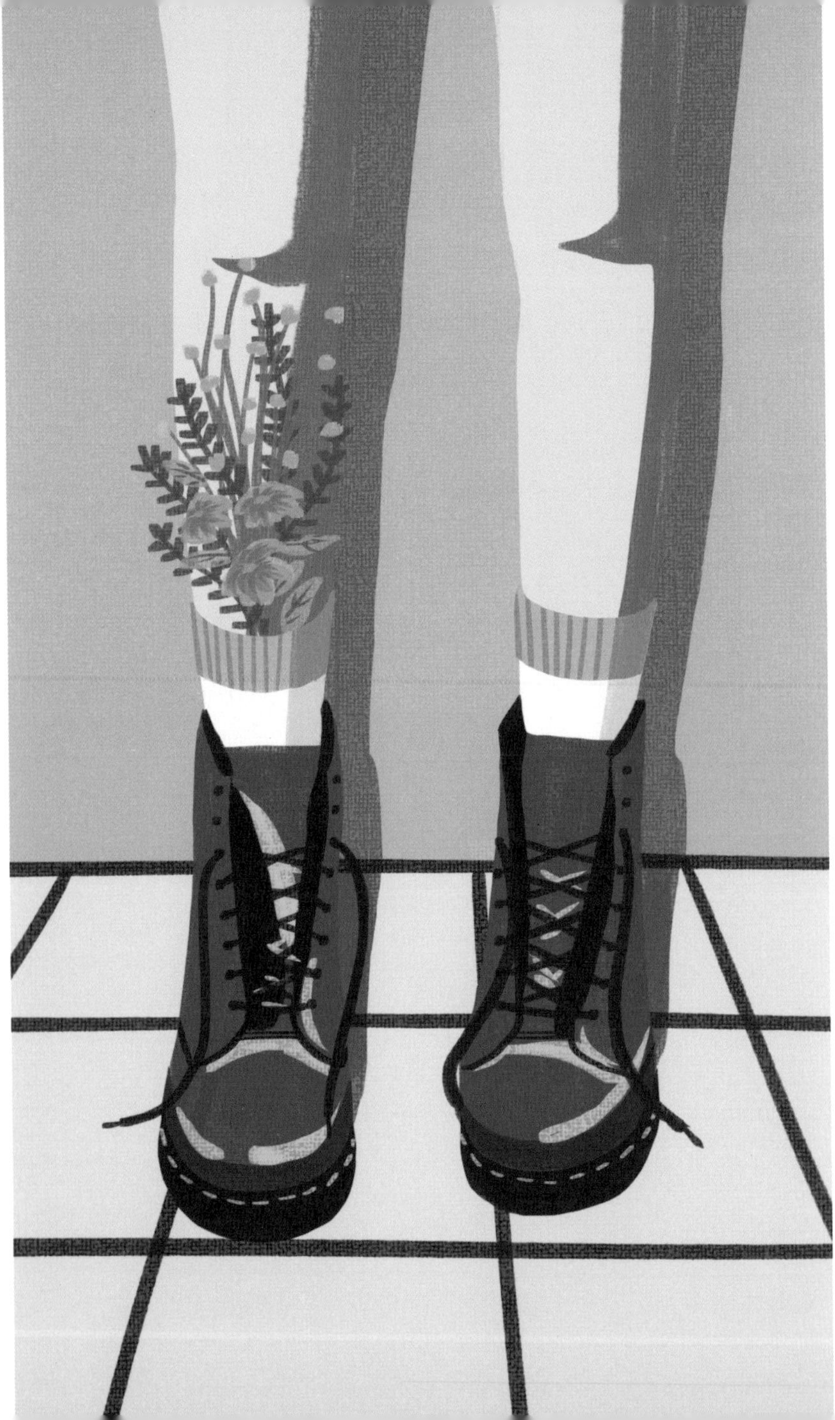

11

최고의 사랑

자신을 사랑하는 것이 최고의 사랑이다.

Thank You
Have A Nice Day

# #
12

당신이 웃을 때

당신은 웃을 때가 가장 아름다워요.

# #
13

모자란 마음

괴로움은 언제나
내 것이 아닌 것을 탐하는 모자란 마음으로부터.

14

거리 두기

가끔은
일정한 거리를 두고
삶을 돌아보는 연습이 필요하다.

가까이 보면
심각해 보이는 문제들도
멀리서 보면
사소한 일에 지나지 않으니.

Don't
judge.

15

우리의 태도

문제는
문제 그 자체에 있는 것이 아니라
그것을 받아들이는 태도에 있다.

기회의 순간이 될지
위기의 순간이 될지는
모두 나의 태도에 달려있다.

\# 16

불만은 좋은 자극제

모든 불만이 나쁜 것은 아니다.

스스로에 대한 불만은 나를 더 노력하게 하고,
타인에 대한 불만은 나를 돌아보는 시간을 만들어주며,
상황에 대한 불만은 환경을 개선한다.
모든 성장은 안주하지 않고 더 나아지려는 욕망에서 나온다.
때로는 불만이 가장 좋은 자극제가 되어준다.

17

불행하다고 느껴질 때

즐거운 일이 가득할 때 즐거운 마음을 갖기는 너무 쉽다.
문제는 우리가 불행하다고 느껴질 때에 있다.
괴로운 순간에조차 즐거운 마음을 갖기 위해 노력하는 것.
그런 태도가 우리를 조금씩 나아가게 한다.

세상의 모든 것들이 선물이다.
나뭇잎 사이로 비치는 햇살, 살갗을 간지럽히는 바람, 계절의 변화,
우연히 벌어지는 사건들과 마주치는 사람들까지.
일상의 모든 순간은 온통 감동적인 것들로 가득 차있다.

#
18

선물

그러나 종종 우리는 새로운 것을 찾아다니느라
이미 우리를 위해 마련된 선물을 잊어버린다.

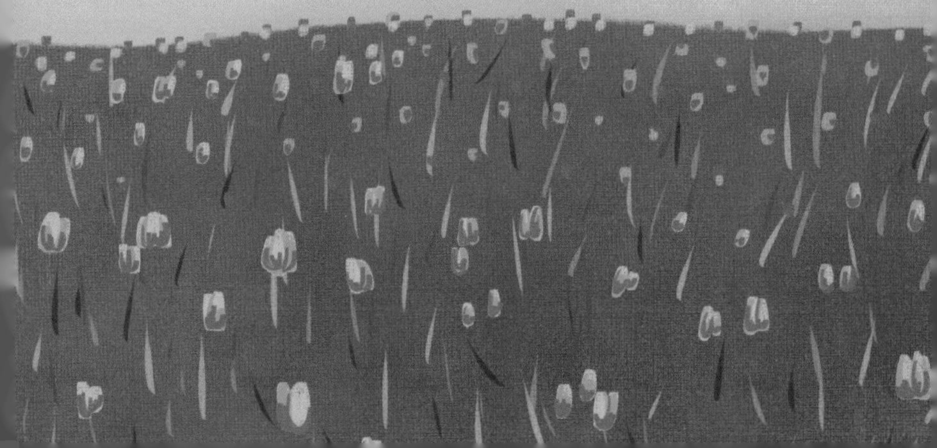

특별하지 않은 일상 속에 행복이 있다.

너무나 당연해서 지나쳐버리는 많은 것들이
어쩌면 누군가에겐 당연하지 않은 일일지도 모른다.

별다른 노력 없이도 신선한 공기를 마시고,
원하는 곳을 향해 갈 수 있는 것.
힘들 때 위로해줄 사람이 있고,
맛있는 밥을 먹을 수 있고,
함께 웃어줄 친구가 있는 것.
어제를 무사히 넘겼고,
오늘 하루를 건강히 보냈으며,
즐겁게 맞이할 내일 또한 주어져있다.

우리는 언제나 가지지 못한 것을 바라지만
지금 내게 있는 것만으로도
나는 이미 충분히 행복한 사람이다.

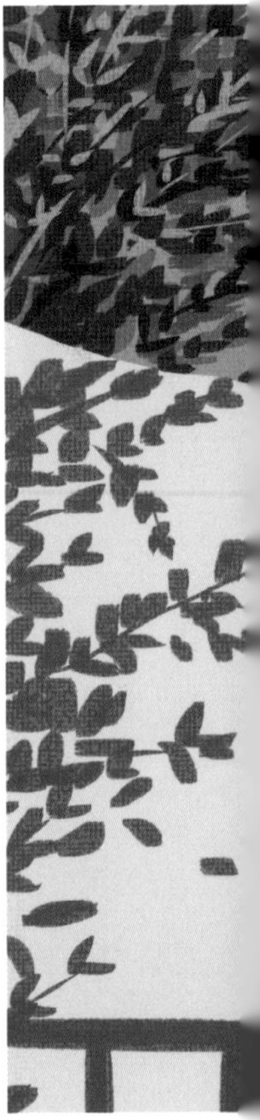

#19

일상의 행복

20

행복과 불행

행복 속에도 일말의 불안감이 있듯이

불행 속에도 여전히 희망은 존재한다.

오늘 있었던 가장 멋진 일이든,
가장 괴로운 일이든
내일이 되면 모두 잊힌다.

그러니 지나가는 일에 지나치게 우쭐해하거나
집착하여 전전긍긍할 필요는 없다.

21

내일이면

\# 22

위로

누구나 외롭고,
누구나 힘들다.

가끔은 모두가 나와 같다는 생각만으로도 위로가 된다.

23

지금 내 모습 그대로

나는 지금 내 모습 그대로 아름답다.
굳이 다른 사람이 되려고 애쓰지 않아도.

# #
24

다시

넘어져도 괜찮아.

언제든 다시 일어날 수 있으니까.

# #
25

진짜 기회

돌이켜보면
위기라 생각했던 순간은 기회였고,
기회라 생각했던 순간은
오히려 위기인 적이 많았다.

지금 눈앞의 기회를 놓쳤다고 낙담하지 말자.
어쩌면 기회를 놓친 것이야말로 기회일지 모르니.

26

사랑하는 것

사랑하는 것은 사랑받는 것보다 아름답다.

2
장

용기 있는 자로 살아라.

운이 따라주지 않는다면 용기 있는 가슴으로 불행에 맞서라.

– 키케로

도망치지 / 않기

#
01

새로운 나를 만나는 순간

익숙한 것들은 편안함을 주지만,
가끔은 편안함에서 벗어나야 새로운 나를 발견하게 된다.
새로운 나를 만나는 순간,
삶은 더욱 재밌어진다.

우리가 완벽하지 않다는 것,
모두가 서툴게
인생을 배워나가고 있다는 것을
기억하기를.

때론 넘어지고, 부서지고,
아파하겠지만,
어떤 삶이든 틀린 건 없어.

다만,
우리는 성장하고 있는 거야.

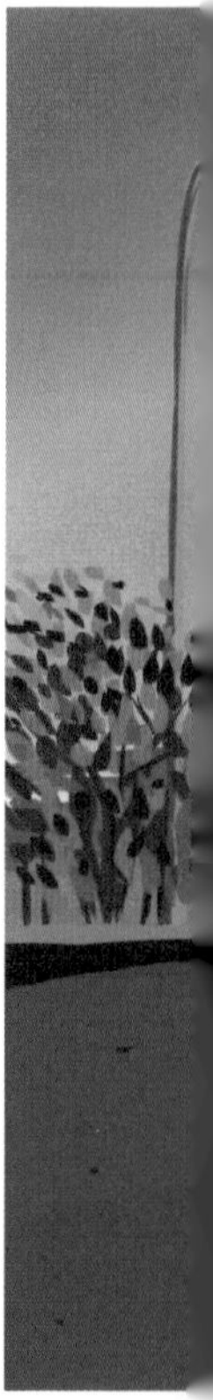

# #
02
틀린 삶이란 없어

#
03

나 자신을 믿기

내가 나 자신을 믿어주지 않는다면
아무도 나를 믿어주지 않아.

04

간절한 마음

불행하다고 느껴질 때,

오늘 하루가 나의 마지막 날이라 생각해보면

모든 것이 간절해진다.

05

굴곡 있는 삶

삶에 굴곡이 있다는 것은

인생을 잘 살고 있다는 증거이다.

크고 작은 굴곡들이 만들어내는 삶의 이야기는

언제나 감동적이다.

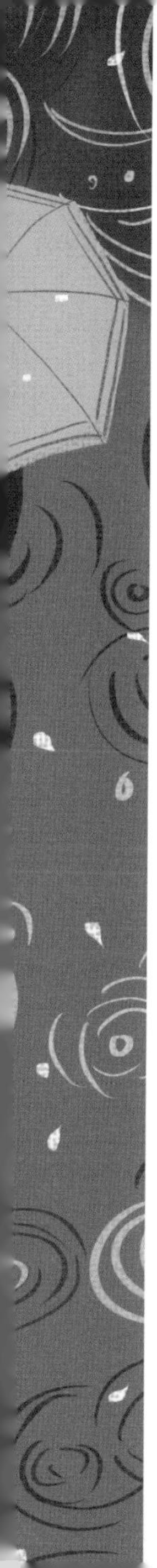

06

공평하지 않아서 오히려 공평하다

누구나 공평하지 않다는 것은 오히려 공평하다.
제각기 다른 환경과 성향은
누구에게나 하나뿐인 인생을 만들어준다.
나와 같은 사람, 나와 같은 인생은
어디에도 존재하지 않는다.

나는 세상에 유일한 사람이기에
이미 내 인생은 충분히 특별하다.

#
07

마음이 시들지 않도록

매사에 자만하지 않게 해주시고,
개인적인 이익만을 좇지 않게 해주시고,
비겁한 동기로 행동하지 않게 해주시고,
무엇보다 스스로에게 정직하게 해주세요.
실수하기를 두려워 않고 실패를 통해 배우게 해주시고,
해야 할 일을 끝까지 밀어붙일 수 있는 대범함을 주세요.
상황에 불평하지 않고, 사람을 원망하지 않으며,
오직 스스로 인생을 책임질 수 있는 신념을 주세요,

그리고 사는 동안 언제나 마음이 시들지 않도록 해주세요.
아멘.

08

용감한 사람

용감하기 때문에 도전하는 것이 아니라,
도전하기 때문에 용감한 것이다.
용감한 사람은 두려움을 느끼지 않는 사람이 아니라
두려움에도 불구하고 앞으로 나아가는 사람이다.

09

해보지 않은 일

사람들은 자기가 해보지 않은 일에 대해
모른다고 대답하기보다는
불가능하다고 말하거나 비판하는 경향이 있다.
그러니 주변 사람들의 조언을 모두 다 수용할 필요는 없다.

ONE
WAY

#10

어제의 나보다

남들보다 잘하려 하지 말고,

어제의 나보다 잘하려 노력하기.

# #
11

할 수 없는 이유

내가 무언가를 할 수 없는 이유는
환경이나 상황 때문이 아니다.

할 수 없는 이유는 얼마든지 댈 수 있겠지만,
사실은 이미 할 수 없다고
마음먹었기 때문에 할 수 없는 것이다.

# #
12
내가 결정하는 것

바보 같은 사람들이 내뱉는
바보 같은 말에 귀 기울일 필요가 있을까?
험담과 비난은 내뱉은 자의 것이지,
나의 것은 아니야.

의견은 의견일 뿐,
누군가의 의견이 꼭 사실이 되어야 하는 건 아니니까.

다른 사람이 삶을 결정지어주진 않아.
내가 결정하는 거지.

#
13

나에게 귀 기울이기

때론 사람들의 이야기보다
스스로의 이야기에 귀 기울일 필요가 있어.

14

책임지기

나의 불행을 남의 탓으로 돌리는 것은
나의 인생을 남의 손에 내맡긴 것과 같다.

무언가를 탓하는 것은
인생의 가장 좋은 핑계거리가 된다.
친구를 탓하고, 가족을 탓하고, 상황을 탓하고, 사회를 탓하고,
우리는 얼마든지 핑계거리를 찾을 수 있고,
무언가를 비난하며 위로받을 수 있지만,
어쩌면 앞으로 평생 동안
핑계거리를 찾아 다녀야만 할지도 모른다.

자신을 사랑하는 사람들은
자신 이외에 탓할 대상을 찾지 않으며
모든 결과를 겸허히 받아들일 줄 안다.

자신을 사랑한다는 건
스스로를 책임질 줄 아는 것이다.

\#
15

재미있는 인생을 원한다면

더 재미있는 인생을 원한다면 더 많은 모험을 해야 한다.

똑같은 일상을 반복하면서
더 나은 내일을 기대할 수는 없다.

#16

나의 자산

모든 실험에서 가장 중요한 건
수정하고 바로잡고 개선하는 능력이다.
그런 면에서 실수는 가장 좋은 자산이다.

17

과소평가

누구나 자신이 믿는 것보다
훨씬 더 용감하고 강인하다.

우리는 과소평가 받고 있다.
스스로에게.

#
18

배려와
눈치의 차이

우리는 타인을 위해 존재하는 것이 아니며,
타인의 시선에 맞춰 살려고 존재하는 것도 아니다.

타인에게 친절하되,
내 생각과 감정까지 상대에게 맞출 필요는 없다.
배려와 눈치 보기는 엄연한 차이가 있으므로.

19

도망치지 않기

누구나
아픈 과거 하나쯤은 있기 마련이니까.

우리는 거기서
계속 도망칠 수도 있지만,
정면으로 맞서는 사람만이
앞으로 나아갈 수 있어.

20

거부하는 용기

때론 하고 싶은 일을 하는 것보다

원치 않는 일을 거부하는 데 더 많은 용기가 필요하다.

21

정답은 없다

인생에 정해진 답은 없는 거니까.
내가 가는 길이 모두 정답이라는 마음으로.

3장

꿈을 품고 뭔가 할 수 있다면 그것을 시작하라.
새로운 일을 시작하는 용기 속에
당신의 천재성과 능력과 기적이 모두 숨어있다.

– 괴테

꿈꾸는 / 미술관

01

꿈꾸는 걸 잃어버리면

꿈꾸는 걸 잃어버리면 모든 걸 잃어버리게 된다.

START
FINISH

#
02

우리의 한계

할 수 있는 일은 누군가에겐 할 수 없는 일이고,
불가능한 일은 또 누군가에겐 가능한 일이 된다.

사람들은 스스로 한계를 정한 뒤
다른 곳에서 핑계거리를 찾으려 한다.

03

보석이 되기 위한 준비

우리는 모두 보석이 되기 위한 준비를 하고 있다.
자신만의 세공을 통해 보석이 될 원석으로 여기에 존재한다.
스스로를 가꾸고 다듬는다면 우리는 분명 보석이 되겠지.
반짝반짝 빛나는,
우아하고 사랑스러운, 그런 품위 있는 보석.
하지만 누군가는 세공 과정이 너무 힘들어서 보석이 되기를 포기하고,
또 누군가는 스스로 보석이 될 거란 사실을 믿지 않는다.

우리가 알아야 할 아름다운 진실은
아무것도 하지 않을 때, 전혀 노력하고 있지 않은 순간조차도
모두가 여전히 보석의 가능성을 품고 있다는 사실이다.

04

재능

재능이란 무언가를 타고난 능력이 아니라

무언가를 좋아하는 능력이다.

05

살아있는 죽음, 죽어버린 삶

죽어서도 지혜를 전해주는 이들이 있는가 하면,

살아서도 영혼이 죽어있는 이들이 있다.

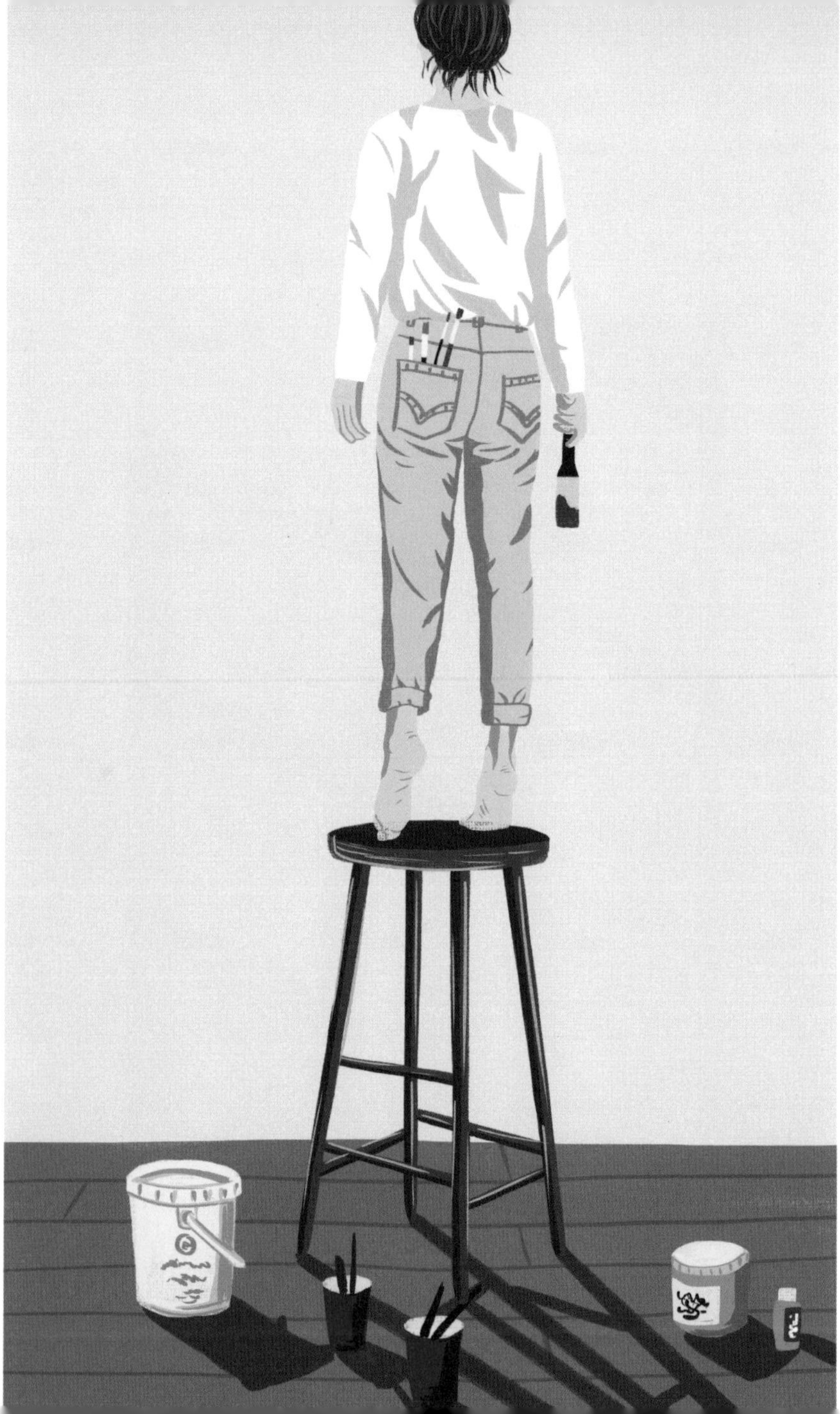

06

예술가

우리가 살아가는 인생
그 자체가
하나의 예술이다.

그 예술을 창조해가는 우리들 모두가
훌륭한 예술가인 셈이다.

07

우리가 경계해야 할 것

우리가 경계해야 할 것은
새로운 무언가가 아니라 익숙해져버린 일상이다.

#
08

꿈을 지키는 일

꿈을 꾸는 것만큼 중요한 일은
그 꿈을 지키는 일이다.

사람들은 꿈에 대해 인색하며,
할 수 없다고 말하길 좋아한다.
처음 가졌던 꿈은 이리지리 치이며 작아지고
결국엔 사라져버린다.

그러나 진정으로 꿈을 사랑한다면
그 꿈을 지킬 용기도 있어야 한다.
수없이 마주치는 부정적인 시선으로부터
내 꿈을 지켜낼 수 있을 때

비로소 꿈은 우리 삶에 피어난다.

09

때론

때론 이뤄내는 것보다

지켜내는 것이 더 어렵다.

#10
진짜 나

어린 시절을 떠올려보면 진짜 나를 알 수 있다.
어떤 것에도 구속받지 않은 순수한 행동은
내 본성을 알려준다.

그때에 좋아하던 것들은 나의 취향을 말해주고,
즐겨하던 놀이는 나의 재능을 말해준다.

자라면서 우리는 강요받거나
이해관계에 따른 사회적 꿈을 좇아가곤 하지만,
사회적 꿈이 아닌 내면의 꿈을 따를 때
우리는 훨씬 더 행복해진다.

11

어쩌면 천재성이란

잘하는 것보다 중요한 건
열심히 하는 것이고,
열심히 하는 것보다 더 중요한 건
자신을 믿는 것이다.
어쩌면 천재성이란 자신을 믿는 능력인지도 모른다.

# #
12

꿈에는 한계가 없다

꿈에는 한계가 없다.

규칙도 기준도 없다.

내가 이룰 수 없다고 규정짓지 않는 한

꿈에는 언제나 한계가 없다.

13

나비

애벌레는 나비가 되기 위해
번데기 과정을 거친다.
외롭고 깜깜한 혼자만의 시간들을 보내야만
비로소 애벌레는 하늘로 날아오르게 된다.
번데기를 거치지 않은 나비는 없다.

그러니 혼자만의 시간을 두려워 말자.
낡은 껍질을 모두 벗어버리고
우리는 결국 나비가 될 테니까.

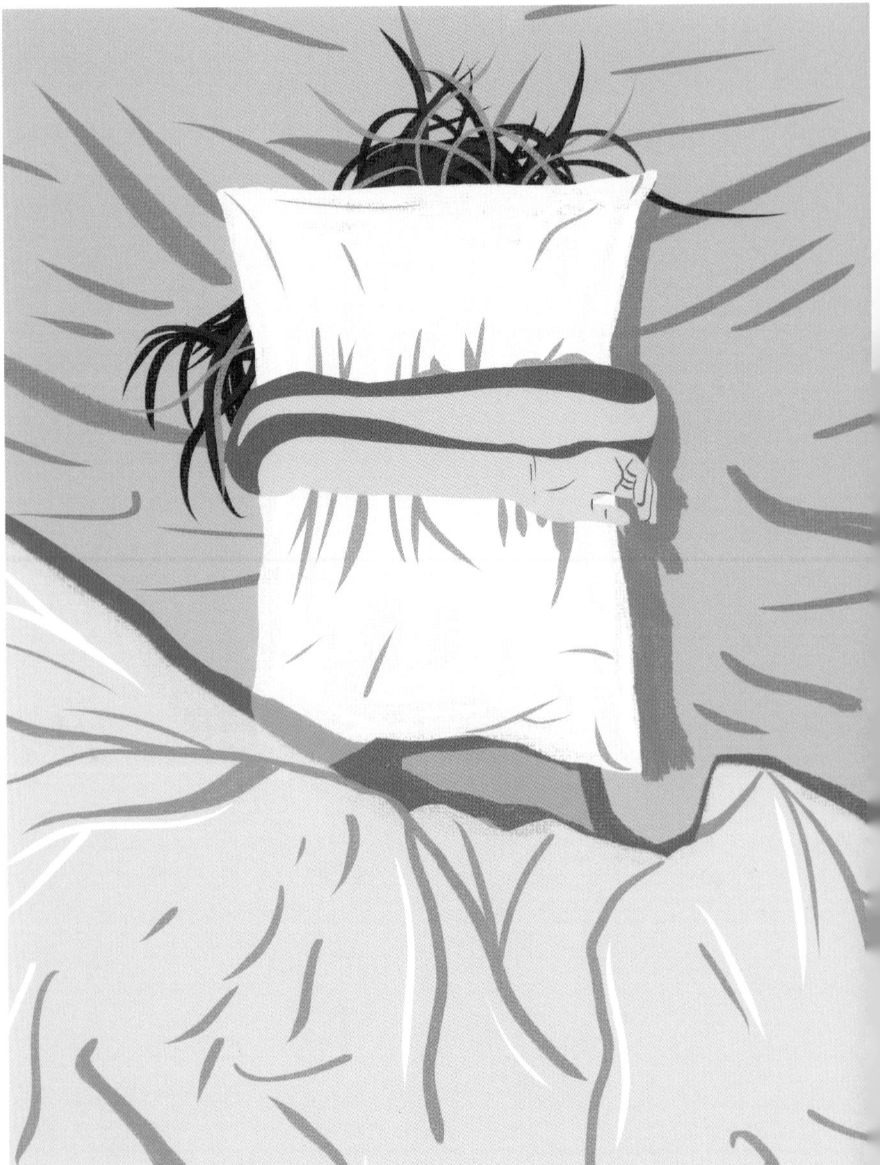

14

꿈의 기준

꿈의 기준을 타인의 시선에 두지 말 것.

GOOD
LUCK

#15 길

길이 없다고 너무 실망하지 마.

가야 할 곳이 없다는 건
어디로든 갈 수 있다는 거잖아.

아이처럼 새로운 시각으로
끊임없이 새로운 것을 배우고
새로운 것을 시도하는 것.

죽을 때까지 잊지 않아야 할 것.

#
16

아이처럼

CLAS
Coca

# #
17

계속되는 힘이
세상을 바꾼다

너무 뜨거우면 금세 시든다.

중요한 건 강렬함이 아닌 꾸준함이다.

열정에도 꾸준함이 필요하다.

세상을 바꾸는 것은 뜨거운 열정이 아니라
계속되는 힘이다.

18

꿈꾸는 만큼

사람은 누구나
자신이 꿈꾸는 만큼만 살아가게 된다.

4
장

그 누구도 아닌 자기 걸음을 걸어라.
나는 독특하다는 것을 믿어라.
누구나 몰려가는 줄에 설 필요는 없다.
자신만의 걸음으로 자기 길을 가거라.
바보 같은 사람들이 무어라 비웃든 간에.

–「죽은 시인의 사회」 중에서

다시 / 시작

01

모든 것은 지나간다

때로는 기쁘고, 때로는 슬프다.
때로는 행복하고, 때로는 불행하다.
때로는 감당할 수 없는 상황에 휘말리기도 하지만,
모든 것들은 나에게 왔다가 다시 지나간다.

힘들었던 순간은 언젠가 나에게
새로운 가능성을 열어주고,
괴롭던 시간은 나에게 용기를 심어줄지 모른다.

모든 건 머무르기 위해서가 아니라
변화하기 위해 온 것이므로.

02

할 수 있는 것

할 수 없는 것에 괴로워 말고
할 수 있는 것에 집중하기.

03

불가능하다고 말하는 것들

불가능하다고 말하는 것들은

한 번 시도해보았거나

전혀 시도해보지 않았던 것들이 대부분이다.

#
04

포기하지 않는다면

위기는 나를 시험해볼 수 있는 가장 좋은 기회이다.

우리는 나아가거나 포기하거나
둘 중 하나를 선택해야만 한다.
흔히 역사는 승자의 기록이라 하지만,
사실 역사는 끝까지 포기하지 않은 자의 기록이다.
세상은 꿈을 포기한 사람들을 기억해주지 않는다.
스스로 포기하지만 않는다면
우리는 여전히 계속 도전할 수 있다.
실패라는 건 오로지 포기했을 때에만 붙는 이름일 뿐이다.

기억되는 사람과 잊히는 사람.
운명은 지금, 여기 내 안에 있다.

밤은 반드시 아침을 데리고 온다.

끝이 있으면 또 다른 시작도 있다.

두려워할 것도 겁낼 것도 없다.

05

밤은 아침을 데리고 온다

06

시작하기 좋은 때

무언가를 시작하기에 좋은 때도 나쁜 때도 없다.
결심하는 그 순간이 가장 적당한 때이다.

07

두려움은 용기로

시작은 언제나 두렵다.
그러나 막상 한 걸음 내딛어보면
처음의 두려움은 곧 용기로 바뀐다.

시작의 불안함을 없애는 가장 좋은 방법은
그냥 그것을 시작하는 것이다.

#08

후회

할까 말까 망설이기보다
무엇을 더 해야 하는지 고민하는 편이 낫다.

시간이 흐르면 내가 한 일보다
하지 않았던 일들로 후회하게 될 테니.

09

무엇이든

무엇이든 할 수 있고, 무엇이든 될 수 있다는 것.
세상은 예측 불가능하기에 더욱 아름답다.

#
10

가능성

시도해보기 전까지는 아무것도 알 수 없다.

위대한 것들도 과거에는 그저 가능성으로 존재했을 뿐.

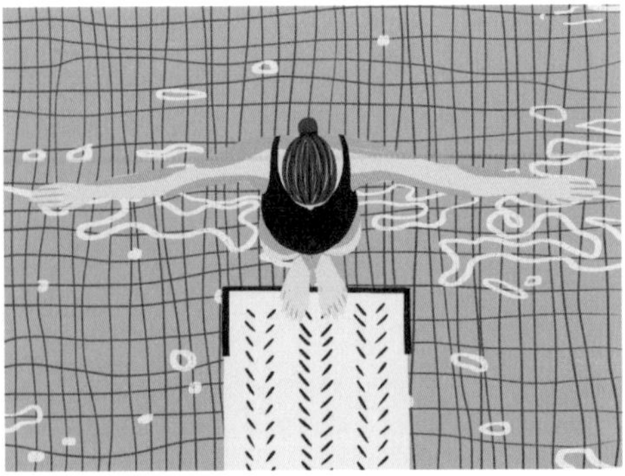

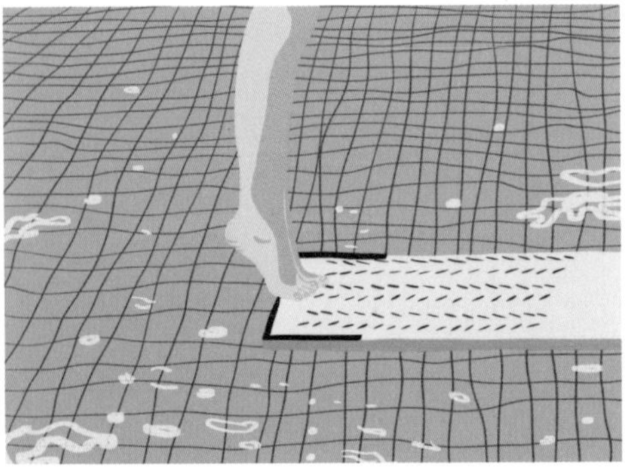

# #
11

기회는 지금뿐

기회는 언제나 지금뿐이다.

내게 다음이 꼭 있으리라는 보장은 없다.
지금 사랑하는 사람들과 시간을 보내고
기회가 있을 때마다 친절을 베풀자.
옳은 일을 해야 한다면 지금 이 순간에 행동하자.
더 좋은 내일을 기대하겠지만
우리에게 약속된 내일은 없다.

#12

여행

인생은 하나의 거대한 여행이다.

그것이 좋은 여행이었는지는
가장 마지막에야 알 수 있다.
우리가 할 수 있는 건
우리에게 허락된 이 여행의 순간을
기쁘고 충실하게 만끽하는 것이다.

우리가 진짜 성장하는 순간은 경험할 때가 아니라
경험에 대한 적절한 자세를 취할 때이다.

13

우리가 성장하는 순간

#
14

좋은 사람

다른 사람에게

좋은 사람이 되기보다는

스스로에게 좋은 사람이 되기를.

#
15

내가 만들어가는 이야기

오늘의 순간은 내일이면 기억이 되고,
기억들이 모이면 먼 훗날 하나의 이야기가 될 것이다.

나는 어떤 이야기를 만들어가게 될까?
또 어떤 이야기를 남기게 될까?

16

Love

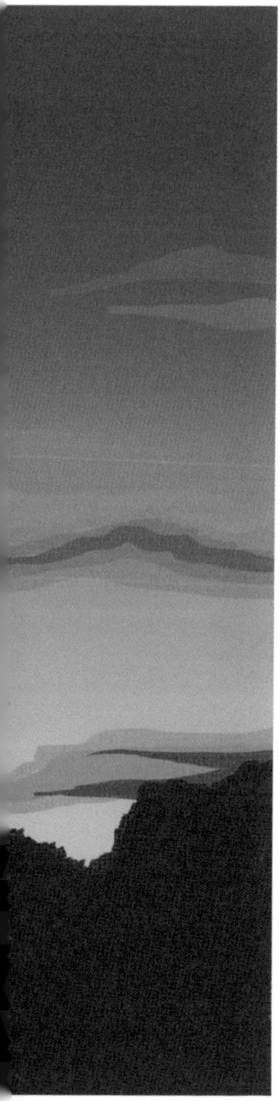

Love, Love, Love

인생을 가장 멋지게 사는 방법.
사랑하고, 또 사랑하자.

#
17

아쉬움

세상은 이렇게나 넓은데
모든 걸 경험해볼 수 없다는 게
아쉬울 뿐이야.

18

인생을 다시 살 수 없지만

모두를 웃게 할 수 없지만
사랑하는 사람을 웃게 할 수 있다.
누군가의 슬픔을 없애줄 수 없지만
함께 울어줄 수 있다.
시간을 되돌릴 수 없지만
현재를 아름답게 만들 수 있다.

인생을 다시 살 수 없지만 인생을 바꿀 수는 있다.

# #
19

새로운 날,
새로운 나

매일 매일을 완전하게 새로운 날로,
새로운 나로 살아갈 수 있었으면 좋겠어.

아침에 일어나면 새롭게 다짐을 하는 거야.
오늘 나는 다시 태어났다고.
어제의 나는 이미 죽은 거라고.
오늘의 나는 오늘에 속해있고,
완전히 새로운 나
그리고 완전히 새로운 날이 시작되는 거지.

#
20

축복

우리가 가진 축복은 미래를 알 수 없다는 것이다.
당장 오늘 누굴 만나게 될지,
어딜 가게 될지 모른다는 것.
언제 어떤 일이 벌어질지 모른다는 것.
불확실함은 우리를 꿈꾸게 한다.
불확실함은 모든 것을 가능하게 한다.
그 누구도 자신의 삶을 예측할 수 없다는 것.

인생은 생각보다 훨씬 근사하다.

21

청춘

청춘,

단 한 번뿐인 아름다운 순간.

철저히 가슴 뛰는 것을 좇아가기를.

유익한 정보와 다양한 이벤트가 있는
리스컴 블로그로 놀러 오세요!

홈페이지 www.leescom.com
리스컴 블로그 blog.naver.com/leescomm
페이스북 facebook.com/leescombook

지금 여기, 그리고 나

글_그림 김나래

편집 김연주 이희진
디자인 양혜민
마케팅 장기봉 김수정 이진목
경영관리 박태은

출력_인쇄 금강인쇄(주)

초판 1쇄 2017년 11월 15일
초판 2쇄 2018년 1월 10일

펴낸이 이진희
펴낸곳 (주)리스컴

주소 서울시 강남구 광평로295, 사이룩스 서관 1302호
전화번호 대표번호 02-540-5192
영업부 02-544-5934, 5944
편집부 02-544-5922, 5933 / 540-5193

FAX 02-540-5194
등록번호 제2-3348

ISBN 979-11-5616-123-3 03810
책값은 뒤표지에 있습니다.